넘어지는 것을 즐기는 남자

열창하는 황영택이 멋있다

세상을
바꾸는
시간,

세바시 강연,
달달 외워서 그러나 여유있게

연세대학교 희망 콘서트

SBS 스타킹을 마치고
국민MC 강호동, 폴포츠와 함께

부천장애인합창단 정기공연에서 지휘

장애인 아티스트 3인3색 콘서트

연미복이 잘 어울리는 남자 황영택

누구 시리즈 **1**

노래하는 멋진 남자, 황영택 - **누구 시리즈 1**
황영택 지음

초판1쇄 발행 2016년 9월 20일

지은이   황영택
펴낸이   방귀희
펴낸곳   도서출판 솟대
등 록   1991년 4월 29일
주 소   서울시 금천구 서부샛길 606, 대성지식산업센터 b동 2506-2
전 화   02-861-8848
팩 스   02-861-8849
홈주소   www.emiji.net
이메일   klah1990@daum.net

제작 · 판매 연인M&B 02-455-3987

값 9,000원

ISBN 978-89-85863-57-5 03810

주최 ㅈ◐ㅊ (사)한국장애인문화예술단체총연합회
주관 리날러 조직위원회
    사ㅣ 한국장애예술인협회
후원 문화체육관광부 ⌐◣ 한국장애인문화예술원
              Korea Disability Arts & Culture Center

국립중앙도서관 출판시도서목록(CIP)

이 도서의 국립중앙도서관 출판예정도서목록(CIP)은 서지정보유통지원시스템 홈페이지
(http://seoji.nl.go.kr)와 국가자료공동목록시스템(http://www.nl.go.kr/kolisnet)에서
이용하실 수 있습니다.
                            CIP제어번호 : CIP2016020826

누구 시리즈

1

노래하는
멋진 남자, 황영택

황영택 지음

절망과 친해지기 위한
'나눔'과 '희망'의 멋진 메시지

도서출판

솟대

장애, 거기서 부터가
저는 희망이었습니다

　아무것도 할 수 없었던 제가 장애를 받아들이고 나니 이제는 다른 사람을 돕는 일도 하게 되었습니다. 장애를 입기 전에는 그저 평범한 직장인이었습니다. 그런데 빠져나올 수 없을 것 같았던 절망 속에서 장애와 싸우기도 하고, 장애와 친해지려고 애쓰다 보니 국가대표 선수, 성악가, 뮤지컬 배우, 합창단 지휘자, 강사 등 많은 일을 할 수 있는 사람으로 변화되었고, 휠체어 스키, 수상스키, 스킨스쿠버, 각종 레저를 취미 생활로 하게 되었습니다.

　이런 기적과도 같은 하루하루를 보내고 있는 지금의 제가 있기까지 가족과 주위 많은 사람들의 도움이 있었습니다. 그 감사한 마음을 전하는 방법은 오직 하나 '나눔' 이라고 생각합니다. 삶이 힘들고 어려운 사람들에게 '희망' 이라는 작은 메시지를 전하는 사람이 되고 싶습니다. 그게 제 남은 생의 사명이라고 생각하고 있습니다.

돌이켜 생각해 보니 장애라는 고정관념이 저의 삶의 장애가 되었던 것 같습니다. 장애로부터 자유로워지자 장애로 인해 인생의 진정한 의미를 배웠습니다. 혹시 지금 삶에 장애물이 있으시다면 그것으로 인해 여러분은 꼭 행복하게 될 것입니다.

　사람들은 어떤 것이든지 선택을 하게 됩니다.
　어떤 일이든지 자신이 선택을 해야 합니다.
　또한 그 선택에 대한 책임도 자신이 져야 합니다.
　하지만 최선을 다해 열심히 한다면
　그 노력의 대가는 반드시 얻게 되어 있습니다.

2016년 가을
황영택

차례

외로운 유년 시절

...

처음으로 고백하건데 나의 아버지는 대기업 총수도 아닌데 부인이 많았다. 나는 아버지의 다섯 번째 부인에게서 태어났다. 다행히 내가 4형제의 막내였다. 장손이셨던 아버지는 대를 이을 아들이 필요하셨다. 내가 아버지 바람의 마지막 산물이었던 것이다. 당시 아버지는 사업을 하셔서 경제적으로는 어려움이 없었지만 가족 갈등이 극에 달했다.

어린 나는 내 의지와 상관 없이 아버지 집과 어머니 집 사이에서 어른들의 기분에 따라 이리저리 던져졌다. 아버지와 어머니가 나를 누가 키우느냐를 두고 옥신각신하셨고 결국 엄마에게서 아버지에게로 내팽개치게 되었다. 내가 입고 입던 옷이 발가벗겨져서 아버지 코트에 싸여 울진에 있는 엄마 집에서 100리 길을 택시를 타고 아버지 집으로 가던 기억이 난다. 나는 엄마와 떨어지는 것이 서글퍼서 울었는데 아버지는 내가 추워서 운다고 생각하고 꼭 안아 주며 엄마를 원망하셨다.

"망할 여편네… 피도 눈물도 없는 독한 년. 어린것을……."

나는 엄마한테 그러지 말라고 아버지 입을 막아 버리고 싶었지만 아버지가 너무나 꽉 안고 있어서 팔을 뺄 수가 없었다. 아버지 집에 가서 보니 형 한 명과 누나 둘이 있었지만 낯선 존재였다. 각각 다른 어머니한테 태어난 우리는 서로 무관심하였다. 아버지 집에 있는 어머니는 나를 친자식처럼 잘 대해 주셨지만 나는 항상 친엄마 생각만 났다. 나의 유년 시절은 엄마에 대한 그리움과 가족에 대한 사랑을 받지 못하는 외로움으로 늘 우울하였다.

방학을 하면 그리운 친엄마 집에 갈 수 있었는데 엄마 집에 가면 엄마의 잔소리와 훈육에 시달렸다.

"공부 잘 하니?"

"……."

"그 집은 애를 어떻게 키우는 거야. 공책 다 꺼내."

공책 검사를 하며 엄마는 점점 더 화를 냈다. 항상 맨 마지막 말은

"너 엄마 욕먹이는 행동하지마. 알았어?"

엄마는 당시 장사를 하며 혼자서 7남매를 키우는 한마디로 생활력이 강한 억센 여자였다. 그래도 어린 나는 엄마가 좋았다. 엄마와 함께 있으면 사랑받고 있다는 느낌이 들었다.

하지만 성장하면서 엄마를 자주 찾아가지 못하는 환경 때문에 나는 혼자서 외로운 시간을 보냈다. 기타를 치며 엄마에 대한 그리움을 달래고 괴로운 현실을 떨쳐내기 위해 노래를 불렀다. 그런데 김정호의 〈작은 새〉, 〈이름 모를 소녀〉를 부르면 내 노래에 취해 가슴이 먹먹해지곤 하였다.

사춘기는 아버지와의 갈등이 고조된 시기였다. 하얀 구두에 중절모

를 쓰고 다니는 멋쟁이 아버지는 젊었을 때는 무서울 것이 없었던 자신감이 넘치는 분이었지만 나이가 들자 많이 약해지셨다. 그래서 술을 마시면 폭력적으로 돌변하였다. 이유도 없이 벌을 세우고 매질을 하셨다. 아버지의 폭력에 맞서 아버지 두 팔을 붙잡았더니 머리로 입을 들이박아서 앞니 2개가 날아가는 참사가 벌어진 후 나는 아버지를 똑바로 쳐다보지도 않았다.

아버지는 자신이 바람피워 난 아들들이 각자 제멋대로 큰 것을 보고 화가 난 것이었다. 다른 집들은 부모 아래에서 자식들이 정상적으로 성장을 하지만 우리 집은 무늬만 가족이지 서로에 대해 무관심하고 가정의 행복 따위엔 관심도 없이 그저 한 지붕 아래에서 살고 있는 동거인들이었다.

아버지는 경제력도 없는데 아들들이 변변치 못해 번듯하게 살 것 같지가 않아서 속이 상한 걱정을 폭력으로 표출하였다. 당시 나는 공업고등학교에 다니고 있었는데 그것은 대학 진학을 포기했다는 뜻이었다. 공부를 못한 가장 큰 책임은 나 자신에게 있지만 그 당시는 그 모든 것이 아버지 때문이라고 생각할 정도로 나는 왜곡된 정서로 청소년기를 보냈다.

내 세상이다

. . .

나는 빨리 독립하고 싶었다. 누구에 의해 좌지우지되는 수동적인 삶이 아니라 내 인생을 내 의지에 따라 결정하는 능동적인 삶을 살고 싶었다. 고등학교를 갓 졸업한 뜨거운 젊음으로 포항제철 총무과에서 처음으로 직장 생활을 시작하였다. 내 손으로 돈을 벌 수 있다는 것이 신기하고 대견하여 이제야 내 인생이 시작되는 기분이었다. 나는 정말 열심히 일했다.

여기저기에서 '황영택' 하고 부르면 신바람이 나서 달려갔다. 귀찮은 일을 시키는 것이 아니라 내가 인정받고 있다는 사실에 힘든 줄 몰랐다. 상사들이 나에게 '넌 잘될 거야.'라고 칭찬해 주면 그것이 미래를 약속해 주는 것이라 믿었다.

어느 날 형이 술을 한잔 하자고 하였다.

"일 재밌냐?"

"네에."

"지금이야 재밌지. 대기업에서 살아남기가 얼마나 힘든 줄 아니. 빵빵

한 학벌 가진 놈들한테 진급에서 밀리기 시작하면 피눈물 난다."

사실 대기업 총무과에 고졸 사원의 역할은 아주 단순하였다. 입사하여 몇 달이 지나니 학벌의 차이를 실감하고 있던 터에 형이 그런 얘기를 하니 갑자기 힘이 쭈욱 빠졌다. 미친 듯이 뛰어다니며 일을 하는 내 모습에 비웃는 얼굴이 머릿속을 가득 채웠다.

"우리같이 학벌 없는 사람들은 돈을 벌어야 해."

"돈을…… 뭐해서 벌어요?"

"요즘 건설업이 호황이라서 돈을 갈퀴로 긁어 모으고 있어."

나는 미련 없이 건설 현장으로 뛰어들었다. 돈을 벌어서 멋있게 살고 싶었다. 낮에는 현장에서 일하며 다양한 업무를 익혔고 저녁에는 크레인 조종면허 등 건설업에 필요한 자격증을 따기 위해 공부를 하면서 차근차근 실력을 쌓아 갔다.

일을 시작한 지 3년쯤 되었을 때 거래처에 가게 되었는데, 사무실에 들어서자마자 무언가 환한 광채가 내 눈을 번뜩이게 만들었다. 순간 눈을 감았다 뜨니 내 앞에 아름다운 여인이 서 있었다.

키가 164cm에 허리까지 내려오는 긴 생머리, 55사이즈의 날씬한 몸매의 아가씨였다. 보자마자 첫 눈에 반해 버렸다. 그녀가 커피잔을 내려 놓을 때 풍긴 그녀의 향기에 가슴이 뛰기 시작했다.

"어머, 죄송해요."

그녀가 물컵을 건드려 내 바지에 쏟아졌다. 그녀는 낯선 남자의 바지를 닦아 주는 친절을 보였다. 그녀도 내가 싫지 않다는 확신이 생겨 그

사고 전 크레인 조종하는 모습

건설업을 했을 때 직원들과 함께(뒷줄 왼끝 토끼눈을 하고 있는 풋내기 모습)

때부터 그녀에게 작업을 걸었다. 공부로 칭찬받지는 못했지만 잘 생겼다는 얘기는 많이 들었기에 나는 외모에 자신감이 있었다.

그녀와 연애를 하며 사람을 사랑한다는 것이 얼마나 위대한 힘을 갖고 있는지를 깨달았다. 그녀를 위해서라면 망설임 없이 내 목숨을 내줄수 있을 정도로 우린 서로를 위해 희생을 할 각오가 되어 있는 열렬한 사랑을 하고 있었다.

"난, 엄마가 많아."

"네?"

"근데 내가 제일 좋아하는 엄마는 날 낳아 주신 분이야."

"아…… 네에."

"엄마가 주신 반지야. 엄마가 보고 싶을 때 꺼내서 만지작거렸지. 이 반지 너한테 끼워 주고 싶어. 나는 당신의 사랑을 받고 싶어. 당신의 사랑이 필요해. 이거 프로포즈야."

그녀는 당황스러운 기색이 역력했지만, 세상에서 가장 환한 미소로 나의 마음을 받아 주었다. 3년 정도 연애를 한 후 결혼을 약속하였다. 결혼 날짜를 받고 나서 우린 함께 살기 시작했다. 결혼식은 사람들 앞에서 우리가 부부임을 알리는 의식이었을 뿐 우리는 이미 부부였다. 삼척에 작은 보금자리를 마련하고 사랑하는 여자와 함께 나는 내 생애 최고의 행복한 나날을 보내고 있었다.

아, 운명이여!

…

1992년 10월 21일!

그날 가랑비가 내려 공사 현장 바닥이 질퍽질퍽하였다.

'오빠 비 오는데 일찍 들어와요.' 라고 아내가 전화를 주었다. 나는 알았다고 대답했지만 비가 온다고 일을 하지 않는 것은 내 사전에 없는 일이었다.

그날 아침 아내는 설거지를 하다 실수로 그릇을 깨트렸는데 좋은 느낌이 아니었다고 한다. 기분이 너무 이상해서 나에게 전화를 했던 것이었다. 여자의 직감이 얼마나 예리한지.

그때 나는 현장에서 전봇대 같은 콘크리트 파일^(시멘트 파일)을 땅속에 시공하는 일을 하고 있었다. 길이는 15m, 둘레는 700cm, 무게는 1톤 정도의 파일을 땅에 세우기 위해 크레인으로 당기고 있었는데 그만 70도 각도에서 와이어가 끊어지면서 파일이 내가 조종하고 있는 크레인 운전석으로 날아왔다. 그 속도가 어찌나 빠른지 3초 후면 나를 덮칠 것이란 예측을 하면서 운전석 문을 열고 밖으로 뛰어내리거나 크레인

레버를 당겨서 각도를 틀거나 해야 한다는 판단이 섰지만 작동이 되지 않아 빛의 속도로 날아오는 거대한 물체를 물리치지 못하고 그저 쳐다보고 있었다. 그 순간이 너무나 선명하게 눈에 들어왔다. '아! 이제 나는 죽는구나!' 라고 생각하자 온몸에 엄청난 소름이 쫙 끼쳤다. 파일은 어김없이 운전석으로 날아왔고 파일을 맞는 순간, 배꼽 아래 부분이 작두로 잘리는 듯한 고통을 느꼈다. 말로 표현할 수 없는 고통을 느끼면서 곧바로 의식을 잃었다.

나는 병원 응급실로 실려갔다. 병원에서 응급으로 척추탈골 고정수술을 하고 중환자실로 옮겨졌지만 10일 동안 의식이 없을 정도로 심각한 상태였다. 처음 눈을 떴을 때 눈에 들어온 사람은 아내였다. 아내는 침상 끝에서 두 손을 모으고 기도를 하고 있었다.

—이 사람 제발 살려만 주세요.

그 모습이 너무나 애처로워 보여 눈을 다시 감으려고 하는데 아내가 어느새 나를 보고 '오빠, 정신 들어요.'라며 기뻐하는 모습에 그녀가 나를 살려 달라고 기도하였다는 것을 알 수 있었다.

아내에게 난 괜찮다고 말해 주려고 하는데 입안에서만 맴돌 뿐 소리가 밖으로 터지지 않았다. 그래서 말 대신 미소를 지어 주려고 했는데 통증이 몰려와서 미소도 짓지 못하였다.

2개월 동안 중환자실에 있을 때는 죽어서 나가는 환자들이 많아서 살아 있다는 것으로도 큰 행운이었다. 칼로 에이는 듯한 통증으로 잠을 못 자고, 온몸이 결박당해 내 의지대로 움직일 수 없는 상태였지만 죽지 않았다는 사실이 위안이 되었다.

중환자실에서 일반 병실로 옮기자 해방이 된 기분이었다. 의사가 시키는 대로 열심히 재활 치료를 받으면 예전처럼 건강한 모습으로 퇴원을 할 것이라고 믿었다. 그러던 어느 날 담당 의사가 가족 모두를 불러 그동안의 치료 결과를 발표했다.

"황영택 씨는 척수 11번, 12번 손상으로 배꼽 이하 하반신이 마비되었습니다."

그 짧은 한마디는 사고 당시 거대한 괴물이 덤빌 때보다 더 공포스러웠다. 내 마음 곳곳에 날카로운 비수가 너무도 깊숙이 찔러 들어왔다. 혼자 병실을 나와 병원 한쪽 귀퉁이에서 하염없이 울었다. 앞이 보이지 않을 만큼 눈물이 쏟아져 내렸다. 나는 의사의 진단을 받아들일 수가 없었다.

내가 처한 상황이 참을 수 없어서 링거 병을 던지고 손에 잡히는 것을 모두 마구마구 던지면서 내 다리 내놓으라고 소리를 질러 대며 몸을 부들부들 떨었다. 하루하루가 지옥 같았고 이렇게 하루를 사느니 차라리 죽는 것이 더 편하겠다고 생각했다.

정말 죽고 싶었다. 5층 높이의 병원 테라스를 뛰어넘으려고 했는데, 하반신이 마비된 다리로는 도저히 테라스를 넘을 수가 없었다. 나는 내 맘대로 죽을 수도 없는 비참한 존재였다.

하반신 마비라는 것은 배꼽 아래로는 감각이 없다는 것이고 이 말은 배꼽 아래 부분은 뇌의 지시를 받지 않는다는 뜻으로 내 의지대로 움직여지지 않는 육체의 반란이었다. 사람들은 다리만 마비되었다고 생각하지만 대소변 등 생리 현상도 느끼지 못한다. 건장한 청년이 똥오줌도 못 가리는 갓난아이가 되었다. 생각만 해도 끔찍했다.

일반 병실의 6개월 입원 기간 동안 나는 미친 사람 같았다. 잠을 자고 눈을 떴을 때 이 모든 상황이 꿈이 되기를 바라며 눈을 감으면 사고 당시의 상황이 떠올라 깜짝깜짝 놀랐다. 아내가 나를 버리고 도망갈 것 같아서 아내 마음을 떠보느라고 아내를 괴롭혔다. 아내가 가지 않는다 해도 아내를 보내 주어야 한다고 생각하고 아내에게 어떻게 말을 꺼내야 하나 머릿속으로 여러 가지 시나리오를 썼다 지웠다 했다.

하루는 병실 밖으로 나와 모처럼 기분 좋게 아내가 밀어주는 휠체어를 타고 산책을 하고 있었는데 시골에서나 맡을 수 있는 거름 냄새가 내 코로 스며들어 왔다. 나는 어린아이가 응아를 하나 싶어서 주위를 둘러보았다.

아기로 보이는 사람은 없었다. 그런데 아래를 보니 똥물이 바지에 번지고 있었다. 내가 똥을 싼 것이다. 순간 이 똥을 어떻게 치우나 싶어서 막막하고 이 나이에 똥을 쌌다는 것이 너무나 창피해서 얼굴이 화끈 달아올랐다. 나는 당황하여 어쩔 줄 몰라 하고 있는데 아내는 자기 겉옷을 벗어 내 무릎에 덮어 주고는 침착하게 화장실로 갔다. 아내는 손에 대변을 묻혀 가며 정성껏 씻겨 주었다. 그런 아내의 모습을 보면서 너무 마음이 아프고 미안했다. 가슴이 뭉클해지도록 고마웠다.

혼자 참으로 많은 생각을 하였다. 열심히 땀 흘리며 살아온 나에게 왜 이런 일이 생겼을까? 내가 이 몸으로 무엇을 할 수 있을까? 나에게 질문을 하고 그 답을 찾으려고 애썼다. 대답은 긍정과 부정 두 가지로 그 어떤 결론도 내리지 못하고 숨막히는 시간을 보내고 있었다.

　그때 내 나이 26살, 아내는 23살…… 그 나이에 우리가 감당하기에는 너무나 버거운 사건이었지만 나도 그녀도 시간에 묻어 가고 있었다.

아빠란 이름

...

　사고로 빚어진 불행에 아픈 것은 나 혼자만이 아니었다. 병실에 찾아온 아버지는 아무 말씀도 안 하셨지만 매일 울었다고 한다. 엄마는 내가 잘 먹어야 그 시기를 이겨 낼 수 있다고 생각하여 내가 좋아하는 음식을 챙겨 주셨다. 장모님은 병원에 있는 나를 문병하고 강릉 병원에서 원주 집까지 가며 어머님 평생 그렇게 눈물을 흘려 본 적이 없을 정도로 내내 울어서 버스에 탄 사람들이 이상하게 쳐다보았다고 한다.

　대개 사위가 장애를 갖게 되면 처가에서 딸을 생각하여 이혼을 생각하지만 장모는 아직 결혼도 하지 않은 사위였지만 딸이 진정으로 원하는 것이 무엇인지 잘 알기에 이렇게 말하였다고 한다.

　"네가 다른 사람한테 간다고 행복하겠니?"

　장모는 남편도 없이 행상을 하며 딸 셋을 애지중지 키웠고 아내는 맏딸이라서 더욱 기대가 컸지만 딸의 선택을 믿고 지지해 주는 멋진 분이었다. 나를 지켜 주는 가족들이 있어서 든든하기도 하지만 한편으로 부담스럽기도 하였다. 아무도 없는 곳으로 혼자 훌쩍 떠나고 싶었다.

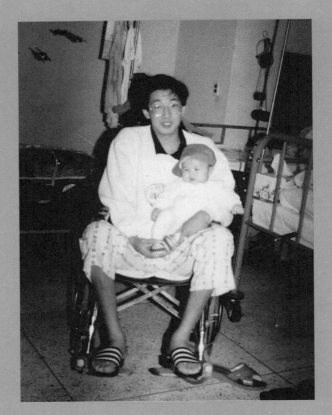

병원 입원 중에 태어난 아들 일용이를 안고

수련회에 참석한 우리 가족

끊임없이 삶을 내려놓고 싶어하며 또다시 시간을 보내고 있을 때 생각지도 못한 또 다른 변수가 내 삶을 다시금 잡아 주었다. 고된 병원 수발 생활에 지칠대로 지친 아내가 점심을 잘못 먹었는지 체한 것 같다며 헛구역질을 하길래 손도 따 주고 등도 쳐 주었는데도 아무런 차도가 없었다. 그래서 병원 안에 있는 내과에 다녀오라고 했다. 내과에서는 산부인과로 가 보라고 했다. 그런데 이게 웬일인가? 아내가 임신을 했다는 것이다.

그때가 내가 입원한 지 4주였는데 아내는 임신 5주였다. 그러니까 사고 일주일 전에 임신이 된 거다. 그건 기적이었다. 내가 살아가야 할 이유와 희망이 생겼다.

너무 기뻐 아내와 나는 두 손을 붙잡고 펑펑 울었다. 우리의 삶에 하늘이 주신 선물이라며 기뻐했다. 하지만 기쁨도 잠시 과연 이 상황에서 아기를 잘 키울 수 있을지 걱정이 더 컸다. 9개월이 지난 후 두 다리로 힘차게 발차기를 하며 우렁차게 고고지성을 내지르는 아들 녀석을 보는 순간, 아빠라는 이름으로 내 마음을 가다듬게 되었다.

휠체어는 내 다리

...

　최선을 다해 재활 훈련을 했지만 평생 휠체어를 의지해서 살아야 하는 절망적인 결과를 가지고 퇴원을 하게 되었다.

　병원 문을 나설 때 나는 휠체어를 타고 있었다. 키 180cm의 훤칠한 키로 두 다리로 힘차게 거리를 휘젓고 다니던 내가 휠체어에 앉으니 갑자기 눈높이가 낮아졌다. 사람들이 나를 내려다보았다.

　장애인으로 새롭게 마주치게 된 세상은 생각보다 훨씬 차가웠다. 장애인을 바라보는 곱지 않은 시선과 편견들이 나를 움츠리게 만들었다.

　어린아이들이 가장 무서웠다. 아이들은 손가락질을 하며 '어~~ 저기 장애인 간다.'라고 큰 소리로 말했다. 장애인이라는 소리가 너무 창피해서 쥐구멍이라도 있으면 쏙 들어가고 싶었다. 철없는 아이들이 모르고 하는 말인지 알면서도 왜 그리 화가 나고 서럽던지.

　그래서 깨어 있는 시간이 너무 힘들었다. 또다시 죽기를 바라는 마음으로 술을 먹기 시작했다. 술로 나의 생각을 마비시키고 싶었다. 6개월 정도 방황을 하던 어느 날, 어김없이 그날도 술을 먹고 집에 들어와 자고 일어났는데 돌도 지나지 않은 아기가 눈을 동그랗게 뜨고 나를 쳐다보면서 이렇게 이야기하는 듯했다.

'당신 내 아빠 아니냐고?'

아내가 옆에서 자고 있었는데 아내 역시

'당신 내 남편 아니냐고?'

그렇게 말하는 듯했다. 그때 정신이 번쩍 들었다.

'아! 내가 아빠구나. 내가 남편이구나!'

'내가 죽어 버리면 이 아이는 아비 없는 자식으로, 아내는 남편 없는 과부로 얼마나 또 힘든 삶을 살 것인가.'

이런 생각에 미치자 나는 이 새로운 가족 때문에 살아야 한다고 굳게 다짐하였다. 내 결심을 보여 주기 위해 나는 아내에게 결혼식을 하자고 하였다. 아내도 좋아하였다. 내심 웨딩드레스를 입고 정식으로 결혼 의식을 치루고 싶었다는 것을 그제야 알았다.

주례는 주치의였던 연세재활병원의 박창일 박사님이 해 주시기로 하였고, 장소는 목동 파리공원으로 정했다. 결혼식장이 불편해서 야외로 정했다. 결혼 준비를 하고 있을 때 어머니가 몹시 편찮으셨다. 생사를 오가실 정도였다. 인사를 드리러 갔더니 아내 손을 잡으며 고맙다는 말만 되풀이하였다.

"영택아, 혹시라도 내가 네 결혼식 전날 죽더라도 식은 그대로 진행하거라. 네가 없어도 내 장례 치뤄 줄 아들 많다. 알았제?"

어머니는 내 결혼식 이틀 전에 세상을 떠나셨다. 어머니의 유언도 있었지만 결혼식을 미루면 가족을 잃을 것 같아 예정대로 결혼식을 올렸

신촌 세브란스병원 박창일 원장님 주례로 결혼식
(야외 결혼식이라 햇빛 때문에 인상을 쓴 것임)

다. 결국 나를 낳아 주신 어머니 없이 인륜지대사를 치렀다. 어머니가 세상을 뜨시며 우리 가족사의 갈등도 매듭이 지어졌다. 철없을 때는 무책임하게 나를 낳은 어머니가 원망스러웠지만 지금 와 생각해 보면 어머니와 아버지가 안 계셨으면 나는 세상에 존재하지 않았을 테니 고마운 분들이다. 참으로 한 많은 세상을 살다 간 어머니를 생각하면 지금도 가슴이 아리다.

뭔가를 해야 한다

...

장애는 거부한다고 사라지는 것이 아니기 때문에 장애를 긍정적으로 수용하고 장애인으로 살아가는 방법을 익히는 것이 더 현명하다는 생각을 하였다. 그래서 사고나 질병 등으로 중도에 장애를 갖게 된 사람들과 어울리기 시작했다. 그들과 만나면 척수장애인이 꼭 알고 있어야 할 많은 정보를 얻을 수 있었다. 소변 처리는 어떻게 하는지, 어떻게 해야 대변 실수를 하지 않는지, 감각이 없어서 발생할 수 있는 화상, 욕창 등 시시콜콜한 상식이 정말 큰 도움이 되었다.

재활을 목적으로 장애인들이 스포츠를 배우는데 양궁, 탁구, 수영, 테니스 등 많은 종목이 있었지만 가장 내 시선을 사로잡은 종목은 휠체어를 타고 하는 휠체어 테니스였다. 휠체어 테니스를 하는 선배들의 멋진 모습을 보며 '아, 저거다.' 하는 생각이 들었다. 휠체어를 타고 공을 치는데 비장애인들과 비교가 안 될 만큼 너무나 잘 쳤다. 그동안 내가 살아 있다는 존재감을 갖기 위해 뭔가를 하고 싶었는데 잡히지 않던 그 뭔가가 바로 휠체어 테니스였다.

휠체어 테니스 훈련 모습

방콕아시안게임 참석(선글라스 쓰고 있음)

다리가 빨라야 테니스를 잘 칠 수 있듯이 휠체어가 빨라야 휠체어 테니스를 잘할 수 있다는 판단으로 테니스 기술을 배우기 전에 휠체어 타기 기술부터 익히기 위해 휠체어에 타이어를 묶고 공원을 돌기 시작했다. 지나가는 사람들이 '저 사람 돌았다.'고 할 정도로 미친 듯이 돌고 또 돌았다. 그뿐 아니라 45도 경사로 길을 아침 저녁으로 100번 이상 오르내리며 휠체어 스피드를 높여 나갔다. 그 결과 당시 우리나라에서 가장 빠른 속력을 내게 되었다.

그렇게 훈련을 하고 테니스 코트장에 들어가니까 얼마나 빠른지 날아갈 것 같았다. 아니 공중부양도 할 것 같았다. 이제 휠체어가 장애인을 위한 이동의 도구가 아닌 내 몸 자체가 되었다. 휠체어 테니스 선수가 되는 꿈을 갖게 되자 그 목표를 이루기 위해 미친 듯이 달려들었다. 첫 직장에서 물불 안 가리고 일할 때처럼 열심히 해서 인정받고 싶었다.

그래서 몸의 유연성을 위해 수영을 했고, 지구력과 근력을 키우기 위해 웨이트를 하면서 점점 실력이 향상되었다. 테니스 테크닉 포핸드, 백핸드, 서비스, 발리 등을 전문 코치에게 제대로 배워 나갔다.

드디어 5년 만에 국가 대표 선발전 결승까지 올라갔고, 결승전을 무려 2시간 40분 동안 치렀다. 접전이었다. 스코어가 7−6, 6−7, 6−6 마지막 3세트에는 타이브레이크로 가서 15대 13으로 승리를 거두었다. 너무너무 기뻐 테니스 라켓을 하늘 높이 던지고 휠체어에 앉은 채로 운동장에 넘어지면서 좌우로 뒹구는 기쁨의 세리머니를 했다. 내 마음을 그대로 표현한 것이었는데 그 세리머니가 사람들에게 황영택이란 선수를 각인시키는 퍼포먼스가 되었다.

경기장이 있던 잠실에서 차를 운전하며 부천 집으로 가는 동안 나도 모르게 눈물이 쏟아졌다. 이상하게 눈물이 멈추질 않았다. 이렇게 펑펑 울고 나니 그동안 장애인으로서 당했던 설움이 눈 녹듯 녹아내리는 듯했다. 그렇게 나는 휠체어 테니스 국가 대표가 되었다. 가슴에 태극 마크를 달고 해외에 나가 경기를 하면 독립운동을 하던 분들 못지않은 애국자가 된다. 나를 위해 상대방 선수를 이기고 싶은 것이 아니라 오직 대한민국의 명예를 위해 상대를 꺾어야 한다는 거대한 사명감으로 애국심을 불태웠다. 태극 마크가 사람을 이토록 강하게 만들 줄 정말 몰랐다.

국가 대표 선수로 전 세계를 다니며 경기를 하다 드디어 1998년 방콕 아·태장애인아시안게임에서 동메달을 따게 되었고 세계 랭킹 36위까지 올랐다. 국제대회를 통해 또 다른 세상을 만날 수 있었고, 다양한 문화와 가치관을 보면서 내 삶이 변화되고 성장하였다.

또 한 번의 도전,
포기란 없다

...

어느새 내 나이가 30대 중반이 넘어서자, 조금씩 체력의 한계가 느껴졌다. 내 삶의 미래를 고민하게 되었다. 일반 스타 선수들은 은퇴를 하면 이름값으로 방송인이 되거나 자기 분야 지도자로 활동하지만 나는 할 일이 없었다.

장애인 스포츠 선수라는 것이 장애인올림픽에 나갈 때나 잠시 효용 가치가 있지 세상은 우리를 선수로 봐주지 않았다. 그저 재활을 위한 치료 정도로 생각하였다. 그래서 고민 끝에 과감하게 제2의 도전을 시도하였다.

운동을 하면서 틈틈히 활동했던 휠체어 4중창팀을 통해 성악을 간접적으로 접하면서 그 아름다운 소리와 울림에 푹 빠져 있었던 터라 나는 성악을 제대로 배워 보겠다는 결심을 하고 과감하게 테니스 라켓을 내려놓았다.

대한민국이 모두 빨간색으로 물들어 대~한민국을 외치던 2002년 한일월드컵 시즌에 나는 대학입학 수능시험을 준비하였다. 그때 내 나이 36살이었다. 청소년기에도 생각해 보지 못했던 대학 도전을 목표로 세우고 공부를 시작했다.

국영수 기초 실력도 없었고, 성악 실기를 위해 이태리어, 독일어 가사를 외운다는 것은 알파벳을 모르는 상태에서 영어 단어를 익히는 것과 같았다. 나는 그저 반복해서 읽고 암기하는 단순 무식한 방법으로 열공을 하였다.

성악을 하면서 가장 먼저 부딪힌 문제는 발음이었다. 경상도가 고향인 사람들은 한번쯤 발음 때문에 고민을 하게 되는데 나는 발음을 교정하지 않으면 노래를 부를 수 없으니 심각한 문제였다. 그래서 입에 볼펜을 물고 발음 훈련을 하였다. 자음, 모음 공부를 하였다. 마치 한글을 처음 배우는 사람처럼 아야어어…… 반복 또 반복하며 발음을 고쳐 나갔다.

그런데 발음보다 더 큰 문제는 풍부한 성량을 내기 위한 호흡이었다. 하반신 마비로 호흡이 불안하였다. 한마디로 배에 힘이 없어서 소리가 나오지 않았다. 배에 힘을 줄 수가 없는 상황에서 고음을 낸다는 것은 불가능하다고 하였지만 나는 이 문제 역시 훈련으로 개선시킬 수 있다고 굳게 믿고 나만의 방법을 찾았다.

앉아서는 물론 누워서도 호흡 연습을 하고, 자세를 바꾸어 엎드려서도 호흡 연습을 했다. 처음에는 배에 힘이 들어가지 않고 근육을 느낄수 있는 감각이 없어서 막막했는데 어느 순간에 나도 모르게 손이 배로 갔고 배를 누르면서 해 보니까 압력이 느껴졌다. 압력이 근육을 느끼는 감각이었는데 그 근육의 감각이 없으니까 손으로 배를 눌러서 그 압력을 느낄 수 있었고, 힘도 느껴졌다. 계속 누르고 있으면 힘드니까 벨트를 사용했는데 압력을 계속적으로 유지할 수 있어서 좋았다.

배에 벨트를 묶고 본격적으로 소리 지르기를 반복하였다. 소리가 불규칙하였다. 잘못된 선택을 했다는 후회가 하루에도 수십 번 들 정도로 힘겨움의 연속이었다. 하지만 포기할 수 없었다. 여기서 포기하면 앞으로 계속 포기하며 살 것이라는 생각에 오로지 연습에만 매진했다. 그러면서 호흡하는 방식을 터득하게 되었고 시간이 지나자 횡경막에 근력이 붙으면서 소리에 변화가 생겼다.

그렇게 1년 동안 죽기 살기로 매달려 공부와 실기 연습을 한 결과 성결대학교 성악과에 실기우수생으로 당당하게 합격했다. 내 스스로 생각해도 내가 그 힘든 일을 해냈다는 것이 신기하였다. 하지만 입학의 기쁨도 잠시, 37세의 늦은 만학도가 젊디젊은 동기생들과 동등하게 공부를 한다는 것은 모든 면에서 버겁기만 했다.

나에게 성악 반주를 해 주던 피아니스트는 음정이 불안정한 상태에서 실수가 많은 나에게 화를 내며 연습실 문을 걷어 차면서 나가 버렸다. 신체가 다르다 보니 제일 중요한 소리를 내는 발성부터 뜻대로 되지 않았다. 그런데 나는 그것을 이겨 내는 방법을 알고 있었다. 더 많은 시간을 투자하고 더 많이 움직이면 된다는 것을. 아침 7시에 학교를 가서 밤 10, 11시까지 공부를 했다. 학교에서 살다시피 하다 보니 동기생들은 물론 선후배들과도 많이 친해졌다.

중간고사 때 일이다. 통증에 시달려 시험공부를 못해서 걱정이 많았는데 컨닝 페이퍼가 시험 시간에 돌기 시작하다 마지막에 내 손에 도착했다.

이게 웬 떡인가! 열심히 컨닝을 하고 있는데 시커먼 그림자가 내 앞에 드리워졌다. 시험 감독을 하는 교수님이었다. 말없이 스쳐 지나가시는 그 순간 창피하고 부끄러워서 온몸이 화끈 달아올랐던 추억도 있다.

학교 수업을 받는 동안 엘리베이터가 있는 건물도 있었지만 없는 건물도 있었다. 사회복지학과가 아니다 보니 편의시설을 주장할 수 없었다. 계단을 오르내릴 때는 주위 사람들의 도움을 받아야 했다. 처음에는 도와 달라고 부탁을 해야 했지만 시간이 흐르자 계단이 보이면 어디에서 나타났는지 계단 앞으로 사람들이 모였다. 우리 과에서는 황영택 휠체어 계단 오르내리기가 아주 자연스러운 일상이 되었다.

교수님들께서 그런 분위기가 되도록 알게 모르게 지지를 해 주셨다는 것을 잘 알고 있다. 나는 정말 많은 사람들의 도움을 받아 2007년 졸업을 했다.

대학 졸업장을 손에 쥔 순간 자신감과 자존감이 그 어떤 재산보다 크게 느껴졌다. 나를 노래하는 장애인이 아니라 성악가 황영택으로 만들어 준 것은 바로 그 대학 졸업장이었다.

성결대학교 단체 졸업 사진

연미복 차림의 앨범 사진

아빠 짱

...

내 아들 이름은 일용이다. 당시 인기 농촌드라마 〈전원일기〉에 김수미 씨가 일용엄니로 등장하여 화제가 되었었다. 지금까지도 일용엄니 흉내내기가 예능 프로에 나올 정도로 일용은 국민적으로 공감하는 친근한 이름이다. 아들 이름을 일용으로 지은 것은 용 그 가운데에서도 하나밖에 없는 빼어난 용이 되어 아비가 못 이룬 꿈을 이루라는 의미에서였다.

일용이는 나를 절망의 늪에서 건져 준 희망이다. 아내와 나를 연결시켜 준 질긴 끈이다. 나는 아이에게 부끄럽지 않은 아버지가 되기 위해 열심히 노력하였다. 휠체어 테니스 선수로 외국에 나갈 때는 당시 4살 된 아들을 데리고 다녔다. 4살짜리 아이가 장애인 아빠를 도와주면 얼마나 도와주겠냐고 하는 사람도 있었지만 나는 아들에게 넓은 세계에서 많은 것을 보여 주며 많은 것을 느끼게 해 주고 싶었다. 그것이 최고의 교육이라 생각했다. 무엇보다 승부의 세계에서 끝까지 포기하지 않는 법을 가르쳐 주고 싶었다.

아빠가 국가 대표로 인정도 받고 아시안게임에서 메달도 따며 많은 사람들에게 칭찬받는 모습에 아이가 더 기뻐하였다. 어린아이였지만 아빠를 굉장히 자랑스럽게 생각하고 있다는 것이 느껴졌다. 동네 아이들에게 아빠 자랑을 한다. 우리 아빠는 뭐든지 다 잘한다고.

무엇보다 내 아들이 아빠에게 뻑 간 일이 있다. 5월 5일 어린이날 놀이공원에 입장하려고 사람들이 1km 이상 줄을 서서 기다리고 있는데, 놀이공원 직원이 나를 보더니 앞으로 오라고 하며 다른 사람들보다 먼저 들여보내 주었다. 그때 일용이가 아주 신이 나서 '우리 아빠 최고, 아빠 너무 멋지다.'며 펄쩍펄쩍 뛰었다.

그날 이후 일용이의 장래희망은 장애인이었다. 일용이는 장애를 특권이 있는 권력쯤으로 생각했던 모양이다. 사실 일용이는 세상의 모든 아빠는 나처럼 휠체어를 타는 것으로 알고 있었다. 친구 아빠들이 걸어다니는 것을 보고 이상하게 느낄 정도였다. 걸어다니는 아빠와 휠체어를 타는 아빠를 비교하며 아빠가 뒤지지 않는다는 평가를 받는 것이 내 목표였다.

하지만 일용이에게도 사춘기가 어김없이 찾아왔다. 친구들하고 함께 걸어가는 일용이를 보고 반가워서 아들 이름을 크게 불렀다.

"일용아!"

일용이 친구들은 모두 고개를 돌려 나를 쳐다봤지만 일용이는 끝까지 고개를 돌리지 않았다. 나는 순간 얼음이 되었다. 아들이 나를 쳐다보지 않았다는 것이 너무나도 서운했다. 장래희망이 장애인이던 녀석이 우리 아빠는 뭐든지 잘한다고 자랑스러워하던 아들이 이럴 수가 있나 싶어서 배신감이 들었다. 하지만 나는 아들에게 그 이유를 묻지 않았다. 생각해 보니 그 또래에 나도 아버지가 부르면 못들은 척하였다. 아무 이유도 없이 반항하는 것이 질풍노도의 시기가 아니던가!

일용이는 날 닮아서 공부에는 흥미가 없다. 자기가 하고 싶은 음악을 하기 위해 3수를 해서 대학에 들어갔다. 일용이는 내가 노래 연습을 할 때 기타로 반주를 해 줄 정도로 음악에 재능이 있다. 아빠가 차에서 매일 듣고 다니는 가곡, 오페라 아리아를 이태리 원어로 정확히 부를 정도로 센스가 있었다. 어렸을 때부터 음악을 접해서 그런지 음악을 좋아한다. 그래서 예술대학에서 일렉트릭 기타를 전공하며 일용의 이니셜로 IY밴드(일용밴드)를 결성하여 음악 활동을 하고 있다.

나는 일용이가 검판사가 되기를 원하지 않는다. 자기가 좋아하는 일을 하며 사랑하는 사람들과 함께 사랑을 나누며 살기를 원한다.

아빠가 다쳐서 미안하다. 일용아!
아빠가 축구 함께 못해 줘서 미안하다.
아빠가 너를 업어 주지 못해서 미안했다.

나는 너를, 우리 모두는 너를 끝까지 사랑할 것이다.
아빠 엄마는 너를 위해 매일매일 기도한단다.
우리 일용이 지켜 달라고.

_군에 간 아들에게

아내는
내조의 여왕

...

박금주, 아내 이름이다. 사람들은 아내가 미인이라고 놀라워한다. 휠체어를 타는 남자는 미인과 결혼하면 안 되는자······.

장애를 갖게 되자 주위에서 가장 많이 해 준 조언이 아내 단속을 잘하라는 것이었다. 언제 도망갈지 모른다고. 하지만 아내는 연애 기간까지 합하여 27년째 내 옆에 있다. 아내는 앞으로도 내 곁에 있을 것이다.

내가 사고로 하반신 마비가 되었을 때 아내의 나이는 23살이었다. 그 충격과 그 고통을 감당하기에는 너무나도 어린 나이였다. 그런 상황을 공감하며 위로해 줄 사람도 없었고, 친정에 갈 수도 없었다. 친정에 가면 장모님이 더 마음 아파하시며 이별을 종용할지도 모른다는 생각 때문에 가지 않았다. 또 색시가 안 보이는 것을 이상한 쪽으로 상상할 수도 있어서 자리를 비우지 않았다. 이렇게 잠시 쉴 수도 없고, 터놓고 얘기할 사람이 없는 아내는 나보다 더 답답했을 것이다.

그 당시 아내는 자기와의 싸움을 하고 있었다.

'잘할 수 있을까? 앞으로 어떻게 살아야 하지?'

이런 질문에 스스로 '잘할 수 있어. 앞으로 잘살 수 있어.'라고 대답하며 '남편을 빨리 회복시켜 주세요. 가정이 깨지지 않게 해 주세요.'라는 기도를 하였다.

모태 신앙인 아내는 기도를 하면서 그것이 하나님의 뜻이란 믿음으로 그 뜻이 무엇인지를 알려 달라고 하나님과 대화를 하듯이 소소하게 기도를 하였던 것이다.

걸어다니던 사람이 휠체어에 타고 다니는 모습이 너무 낯설어서 눈길을 돌렸다. 자상하기 그지없던 남편이 술에 빠져 마음을 잡지 못할 때가 가장 힘들었다. 저녁 해 질 무렵 친구 만난다고 밖으로 나가면 돌도 안 된 애를 업고 따라다녔는데 그때 자신이 너무 처량하고 불쌍했다. 이렇게 계속 살 수 없겠다는 생각도 들었다. 하지만 자기가 아무리 힘들다고 해도 남편보다 힘들진 않겠지 하는 생각이 들자 마음을 바꾸게 되었다.

현장에서 일할 때는 온몸에 기름칠하고 입에는 욕을 달고 살았다. 한마디로 거칠었던 사람이 어떻게 이렇게 손바닥 뒤집듯 바뀌었는지 모르겠다고 아내는 신기해한다. 내가 강연하는 것을 보고 가장 놀라는 사람이 아내이다.

"야, 우리 남편 정말 멋진 걸."

아내가 인터뷰한 것을 옆에서 듣다가 내가 놀란 적이 있다. 남편의 어떤 점이 좋으냐고 묻자 이렇게 대답하는 것이었다.

"저는 생각이 신중한 편이에요. 좋은 쪽보다 불안하고 두려워하는 반면, 남편은 동적이라 열정적인데 제가 가지지 못한 긍정적인 부분이 있어요. 그래서 제가 다운되어 있으면 끌어 주죠. 경상도 남자라 말은 투박스럽지만 내가 남편에게 정말 소중한 사람이라는 것을 느끼게 해 주는 것이 항상 감사하죠. 그리고 친정어머니한테 참 잘해요. 그래서 든든해요. 요새 들어 같이 일을 하다 보니까 사람들을 잘 어우르고, 설득하고. 그런 모습을 보면서 이 사람이 가지고 있는 달란트가 이런 것이구나 하고 새삼 느꼈어요. 이제 무슨 조건이 필요하겠어요 나이 들어가고 있는데 아들이 저를 챙기겠어요. 제가 남편한테 의지를 해요. 우리 남편 그냥 좋아요. 무슨 말이 필요하겠어요."

아내의 장점은 큰일에 부딪혔을 때 오히려 대범해진다는 것이다. 내가 다쳤을 때도 아버지, 어머니 병환 중에도 그렇고 살면서 크고 작은 사건 사고가 있었는데 허둥대지 않고 아주 침착하게 대응하여 슬기롭게 헤쳐 나가는 것을 보면서 장가 잘 갔다는 생각을 한다.

때로는
그 어떤 많은 말보다
수많은 아름다운 수식어가 붙어 있는 글보다
상상할 수 없을 정도로 쌓여 있는 부(富)보다
모진 세월을 힘겹게 버텨내 온 너무도 작고 가녀린,

그 거칠고 투박한 손길이
나에겐 세상의 전부이자
살아가는 단 하나의 의미이기도 합니다.
고맙습니다. 그리고 감사합니다.
나와 함께해 준 그 손길, 끝까지 놓치지 않겠습니다.
세상 끝날 때까지, 끝까지…….

성악가
황영택으로

...

대학만 졸업하면 내 꿈이 다 이루어진다고 생각했다. 하지만 음악 세계는 체육계와는 사뭇 달랐다. 체육은 장애인올림픽, 장애인아시안게임, 세계선수권대회 등 국내는 물론 국제적으로 도전할 수 있는 기회가 많았지만 음악예술 분야는 그런 기회가 없었다. 장애인의 날이 되어야 겨우 축하 공연으로 장애인 음악가들의 무대가 마련되곤 하였다.

예술은 체육과는 달리 장애인 선수끼리 경기를 할 필요가 없기에 예술 분야야말로 장애로부터 자유로울 수 있을 것이라 생각했지만 예술 그 가운데에서도 무대에 올라야 하는 음악은 장애에 대한 차별이 무섭게 도사리고 있었다.

나는 그즈음 어떤 어려움이 닥쳐도 좌절하지 않는 고통 내성이 생긴 것인지 크게 실망하지 않고 차분히 준비를 하였다. KBS FM 신작가곡 경연대회에서 수상을 하여 일단 실력을 검증받고 음반 준비를 하였다. 음반은 음악 활동을 하는데 꼭 필요한 홍보 총알이었다.

나는 나를 불러 주기를 기다리기 전에 내가 무대를 만들기로 하였다. 그런데 내가 콘서트를 한다고 관객이 모일 리 없었다. 그래서 이왕이면 좋은 일도 하고 공연도 할 수 있는 방법을 찾았다. 희귀병에 걸린 어린이를 돕기 위해 비장애인 200여 명과 함께 핸드바이크를 타고 전국 릴레이로 1,522km를 돌며 콘서트를 열어 후원금을 마련하여 기부를 하였다.

희망나눔 콘서트에도 참여하였다. 장애인 아티스트들을 통해서 장애인 인식개선을 하는 교육부 사업이었다. 전국에 있는 학교들을 찾아다니며 공연을 하였다. 네 손가락 피아니스트 이희아, 시각장애인 클라리넷 연주자 이상재, 지체장애인 성악가 김동현, 목발을 사용하는 가수 박마루 등 쟁쟁한 아티스트 속에 내가 함께하게 된 것이다. 희망나눔 콘서트는 2007년부터 2012년까지 계속되어 안 가 본 곳이 없을 정도로 전국을 순회하며 많은 사람들을 만났다.

무엇보다 열심히 한 것은 병원 공연이었다. 나도 사고 후 병원 생활을 2년 정도 하면서 질병으로 고통당하는 많은 환자들을 보았기에 병원이야말로 위로가 필요한 곳임을 절감하고 병원 공연에 재능기부를 꾸준히 하였다.

이런저런 활동들이 KBS, MBC, SBS, 복지TV에 소개되면서 황영택이란 캐릭터로 TV조선 '대찬인생', CBS TV '세바시' (세상을 바꾸는 시간 15분), SBS TV '놀라운 대회 스타킹'에 출연하면서 어느새 휠체어 성악가로 기억되기 시작하였다.

1집 '넌 할 수 있어'

1.넌 할 수 있어
2.누군가 널 위해 기도하네
3.위로하여라
4.You raise me up
5.고향의 노래
6.그리운 마음
7.님이 오시는지
8.남촌
9.눈

2집 '내 마음의 강물'

1.참 아름다워라(Instrumental)
2.그리운 마음
3.내 맘의 강물
4.눈
5.O sole mio
6.Core ngrato
7.A love until the end of time
8.겨울의 꿈
9.지금 이 순간 (This is the Moment)

방송의 힘은 대단하였다. 거리에서 사람들이 나를 쳐다보는 것은 예나 지금이나 똑같지만 그때는 이상하다는 눈빛이었지만 이제는 TV에서 봤다며 아주 친근하게 대해 주었다. 고속도로 휴게소에서 팬들을 만나게 되면 커피와 맛있는 간식을 갖다 준다. 예전에는 손가락으로 나를 가리켰지만 이제는 엄지손가락을 치켜 세워 준다.

나도 나 자신에게 다짐한다.

난, 멋진 성악가야!

폴포츠와 함께 서다

...

   'SBS 스타킹'에서 출연 요청이 왔다. 세계적인 희망의 아이콘 폴포츠
와 함께 희망을 노래하는 콘셉트로 방송하기 위해 최종 10팀을 놓고
오디션을 받게 되었다. 이렇게 까다롭고 신중하게 오디션을 치루는 것
을 보니 폴포츠가 대단한 인물은 인물인가보다 하는 생각이 들었다.
   먼저 면접을 봤다. 내가 살아온 이야기를 했다. 어릴 때 이야기와 장
애를 입고 휠체어 테니스 선수 생활을 했던 경력 또 성악가란 목표를
세우고 뒤늦게 공부를 시작하여 음대를 졸업하고 성악가로서 활동하
게 된 과정을 쭉 말했다. 그리고 노래 테스트를 받았다.
   담당 PD가 잘하는 곡이 있느냐고 물었을 때 나는 주저없이 가곡
〈내 맘의 강물〉을 좋아한다고 하면서 그 이유를 설명하였다.
   "과거의 내 모습으로 되돌릴 수는 없지만 그때나 지금이나 희망의
강물은 끊임없이 나의 마음속에 흐른다는 내 삶을 노래하는 것 같아
서 좋아합니다.

수많은 날은 떠나 갔어도 내 맘의 강물 끝없이 흐르네

그날 그땐 지금은 없어도 내 맘의 강물 끝없이 흐르네

이 가사 때문에 눈물이 나서 이 노래를 부르면 목이 메이곤 하죠."
경쟁에서 이기려면 디테일한 감정선을 설명할 필요가 있었다.
〈내맘의 강물〉, 〈청산에 살으리라〉, 〈오 솔레미오〉, 〈지금 이 순간〉 4
곡을 멋지게 불렀다. 그다음은 아리아 〈남몰래 흘리는 눈물(una furti va
lagrima)〉, 〈공주는 잠 못 이루고(nessun dorma)〉를 테너가 낼 수 있는 최고
의 극고음을 내며 열창했다. PD와 작가들이 환호와 박수를 치며 브라
보를 외쳤다.
"대박! 정말 잘하시네요! 대단합니다."
하반신 마비 장애인이 어떻게 그런 고음을 낼 수 있느냐며 칭찬을 아
끼지 않았다. 그렇게 오디션을 마쳤다. 댁에 가서 기다리면 연락을 다시
하겠다고 했다. 약간 자존심이 상한 마음으로 집에 돌아왔다. 방송 출
연을 하고 안 하고는 중요하지 않았다. 휠체어 성악가가 있다는 사실
을 알린 것만으로도 내 역할은 다한 것이라고 나를 위로하며 기다림의
지루한 시간을 보내고 있었다. 그런데 일주일이 지난 후에 방송국에서
연락이 왔다.
스타킹 목청킹 멘토인 성악가 권순동 님께서 도전하는 삶을 노래하
는 황영택 씨가 적합하다면서 나에게 후한 점수를 주서서 내가 선정이
되었다고 하였다. 이 자리를 빌어 권순동 선생님께 감사를 드린다. 내
가 폴포츠랑 같이 방송을 하게 되었다는 반가운 소식도 받았다.

혈기 왕성했던 군대 시절(뒷줄 왼쪽에서 두 번째)

단란한 우리 가족

—와우!

세계적으로 유명한 희망의 아이콘인 폴포츠와 한 무대에 선다는 기쁨에 나는 흥분을 가라앉힐 수가 없었다. 일주일 동안 열심히 노래 연습을 하며 입시생처럼 준비를 했다.

녹화 날, 떨리는 마음으로 아침 일찍 방송국에서 보내준 차를 타고 방송국에 도착해서 대기실로 들어갔다. 이미 많은 사람들이 와 있었다. 낯익은 강호동 씨에게 인사를 건네고 폴포츠 씨에게 "Nice to meet you."라고 여유있게 인사를 했다. 메이컵을 하고 난 후 폴포츠 씨와 함께 사진을 찍으면서 파이팅을 외쳤다.

드디어 방송이 시작되었다. 검정색 연미복을 입고 휠체어를 밀면서 등장을 했다. 환영의 박수와 함께 무대 중앙에 자리를 잡았다. 조명이 중앙 무대를 밝히고 잔잔히 전주가 흘렀다. 첫곡으로 오페라 〈사랑의 묘약(L'Elisir d'amore)〉의 아리아 〈남 몰래 흐르는 눈물(Una furtiva lagrima)〉을 열창했다. 이 노래는 바순의 솔로 연주와 오케스트라의 달콤하고도 슬픈 선율에 실린 애절한 아리아로 대중적으로 많이 알려진 오페라 곡이다.

> 그대 눈에 남 몰래 흘리는 눈물이 맺혔네요
> 이제는 죽어도 여한이 없어요, 죽어도 좋아요
> 그녀의 사랑으로 죽을 수만 있다면……

이 가사에 몰입되어 아리아 주인공이 된 듯 나의 슬픔을 노래하였다.

방송 패널들과 관객들이 눈물을 훔치며 나의 노래에 감동을 받는 듯했다. 이렇게 나는 첫 순서를 잘 끝냈다.

첫 곡이 끝난 후 강호동 씨가 나왔다. 한국 최고 국민 MC의 입담으로 나에게 질문을 던지고 나는 그 입담에 지지 않으려는 듯 너스레를 떨었다. 강호동 씨 표정이 심각해졌다가 호탕하게 웃었다가 변화무쌍한 것을 보며 안심이 되었다.

인터뷰를 마무리하며 강호동 씨가 멘트했다.

"휠체어 성악가를 있게 한 아내 분이 오늘 여기에 오셨습니다. 아내를 위해 황영택 선생님이 사랑의 세레나데를 불러 주시겠습니다. 힘찬 응원의 박수가 필요합니다."

두 번째 무대가 이어졌다. 두 번째 무대는 기타를 전공하는 아들 일용이가 나와 나란히 무대에 앉아 아들의 기타 반주에 맞춰 〈오 솔레미오〉를 불렀다.

다치기 일주 전에 임신을 해서 낳은 아들과 한 무대에 서고 보니 나도 모르게 감격이 차올라 노래하기가 힘들었다. 객석의 아내도 부자의 모습에 주체할 수 없는 눈물을 흘리고 있었다. 아내도 지난 시간들 속의 그 아픈 삶을 떠올리고 있었을 것이다.

강호동 씨가 나오며 '여러분, 이렇게 감동의 무대를 펼쳐준 아들 일용이와 아빠를 위해 그리고 부인의 뜨거운 사랑에 큰 박수를 부탁드립니다.'고 외쳤다.

"이제 마지막 순서입니다. 핸드폰 영업 사원이였다가 세계적인 성악가가 된 폴포츠 씨를 소개합니다. 무기력한 상황을 극복한 그는 이제

인생 역전 스토리의 아이콘이 되었습니다.

'스타킹'을 찾은 이유는 바로 대한민국의 폴포츠를 만나기 위해서입니다. 바로 오늘 주인공인 휠체어 성악가로 활동하고 있는 황영택 씨를 폴포츠 씨가 응원하기 위해 오셨습니다. 무대로 모시겠습니다."

그 순간 파바로티 같은 큰 몸집을 자랑하며 폴포츠가 무대에 등장했다.

폴포츠는 나를 위해 〈카루소〉를 불렀다. 소리를 들어 보니 전공을 하지 않은 소리라는 것을 바로 알 수가 있었다. 성악을 전공하지 않았는데 이 정도로 노래를 한다는 것은 대단한 실력의 소유자로 노래에 대한 열정이 얼마나 큰지 짐작이 되었다.

곧이어 〈타임 투 세이 굿바이〉를 불렀다. 나에게 불러 주는 그 노래는 큰 감동을 안겨 주었다. 그것을 지켜보던 모든 관객과 패널들도 큰 박수로 브라보를 외쳤다. 나를 위해 그 유명한 폴포츠가 노래를 불러 주었다는 것만으로도 나는 감격과 고마움을 금치 못했다.

나도 또 다른 이들에게 더 열심히 희망을 노래하는 희망의 메신저가 될 것을 다짐했다. 마지막 순서가 되었다. 폴포츠와 내가 함께한 무대였다. 잘 해야겠다는 마음이 들어서 그런지 몰라도 많이 떨렸다. 긴장감이 돌았다. 첫 소절을 폴포츠가 불렀다. 자신감이 생겼다. 내가 잘 맞춰서 부를 수 있을 것 같았다.

사람들은 우리가 부르는 노랫소리가 대가들의 소리만큼 그렇게 훌륭한 소리는 아니라고 생각할지도 모른다. 그래서 최선을 다하자는 생각으로 노래에 마음을 담아 피를 토하듯 소리를 뿜어내었다. 그렇게 영국의 희망 아이콘과 한국의 희망 아이콘이 힘을 모아 노래에 인생을 담아 표현하였다.

기립박수를 받았을 때 우린 서로 껴안아 주며 서로를 격려해 주었다. 나를 설레게 했던 무대가 이렇게 막을 내렸다. 다음 날 바로 신문에 황영택과 폴포츠의 감동의 무대가 준 의미를 소개하였다. 방송 피드백은 주로 두 가지로 정리된다.

> SBS TV '놀라운 대회 스타킹' 에서 휠체어 성악가 황영택이
> 세계적으로 유명한 성악가 폴포츠와의 합동공연을 펼치는
> 모습에서 어려운 시기를 당당히 이겨 낸 두 사람의 모습이
> 묘하게 오버랩이 되어 나도 모르게 눈시울이 적셔졌다.
> 휠체어를 타고는 있었지만 누구에게도 부족함이 없는
> 당당한 한 사람의 전문인으로서의 모습으로 비추어졌다.
> 밝고 유머러스한 쾌활함에서는 이전에 장애인의 TV 출연에서
> 우리가 쉽게 보지 못했던 장애인의 자신감과 신선함이 엿보였다.

말로만 듣던 폴포츠와의 무대를 마치고 나서 나도 폴포츠처럼 세계를 누비고 다니면서 공연을 하고 싶다는 소망이 생겼다. 국가 대표가 처음 되었을 때 감격처럼 스타킹 무대 또한 나에게 큰 꿈을 심어 주었다.

첫 강연

...

군대 선배로부터 연락이 왔다. 삼성화재에서 강연을 해 달라는 섭외였다.

"난, 노래 외에는 남들 앞에서 말을 해 본 적도 없어요. 그냥 말도 아니고 강연이라니?"

"니 이야기만 하면 돼. 어렵게 생각하지 말고."

선배는 그렇게 편하게 얘기했지만 그때부터 걱정이 되기 시작했다. 내가 살아온 얘기를 재미있으면서도 감동적으로 체계적으로 풀어야 좋은 강의가 된다는 것쯤은 나도 알고 있기 때문이다. 나름대로 준비를 열심히 했는데 강연을 앞두고 전날 방광염으로 끙끙 앓으며 힘겨운 밤을 보냈다. 숙면을 못 취한 상태에서 아침에 일어나니 체온이 39도까지 올라 온몸이 으슬으슬 떨렸다.

'오늘 강연을 할 수 있을까? 고열로 몸이 아파서 못한다고 이야기할까.'

별의별 생각을 다 해 봤지만 강연은 많은 사람들과 한 약속이기 때문에 아픈 몸을 이끌고 강연 장소로 향했다. 강연 책임자가 보는 앞에서 항생제를 두 봉지나 먹고 땀을 뻘뻘 흘리자 그도 걱정이 되는 모양이었다. 약에 취해 어지러워서 휠체어 등받이가 없으면 쓰러졌을 것이다. 하지만 나는 쓰러지더라도 강단에서 쓰러지는 것이 옳다는 생각으로 이것저것을 챙기며 준비했다. 보름 동안 대본과 ppt를 반복의 반복을 거듭하면서 강연을 준비했지만 망칠 것 같은 두려운 마음이 몰려왔다.

불안한 마음으로 강연이 시작되었다. 2분짜리 소개 영상을 먼저 보고 난 이후에 무대로 나온 나는 인사를 하며 첫 멘트를 하였다.

"여러분의 삶이 태양처럼 밝고 빛나시길 바라는 마음으로 오 솔레미오를 들려 드리겠습니다."

Che bella cosa na jurnata ' e sole,

오 !

맑은 태양 너 참 아름답다

폭풍 후 지난 후 너 더욱 찬란해

'O sole, ' o sole mio

sta' nfronte a te,

sta' nfronte a te!

노래가 끝나자 300명 정도의 관객들이 일제히 환호를 하며 브라보를 외쳤다.

자신감이 회복되기 시작했다. 나는 〈열정과 나의 삶〉이란 주제로 내가 살아온 스토리를 이야기했다. 처음 하는 것이라서 그런지 사고 전 얘기를 하면서 감정이 복받쳐 올랐다. 가슴이 찢어지는 듯한 서러움에 눈물을 멈출 수가 없었다. 눈물을 흘리면서 강연은 이어졌다. 그동안 숨겨 왔던 장애로 인한 힘든 모든 아픔들이 화산이 분출하듯이 쏟아져 나왔다. 무대에서 나는 알몸을 보여 주는 것 같았다. 하지만 무엇인지 모르겠지만 마음이 후련해졌다.

　내 얘기에 눈물을 흘리기도 하고, 재미있는 에피소드가 나오면 배꼽을 잡고 웃어 주는 관객들의 반응이 강연을 열정적으로 할 수 있는 힘이 되었다. 그렇게 정신 없이 강연은 끝이 났다. 와이셔츠가 푹 젖을 정도로 에너지 소모가 컸지만 기립 박수를 받으면서 무대를 내려오며 내 스스로도 놀라웠다. 집중하다 보니 아픈 것을 잊고 있었다.

　정신이 육체를 지배한다는 사실을 실감하였고, 자신을 남에게 꺼내어 놓는 순간 나의 부끄러움이 사라지는 소중한 경험도 하였다. 왜 나에게 이런 일들이 있었을까? 원망도 많이 했고 죽지 못해 열심히 산 것인데 대기업에서 나를 불러 내 얘기에 귀를 기울이다니 스스로가 대견스러웠다.

　그날 저녁 강연 책임자에게서 문자가 왔다.

　　　당신의 웃음소리는 삶의 치열한 소리여서 따뜻합니다
　　　당신의 눈물은 시련을 견뎌 낸 것이어서 더 뜨겁습니다

내가 강연을 할 줄은 몰랐다. 나는 말도 잘 못하고 글도 잘 못쓰는 글과 말의 문외한이었는데 열심히 살아온 열정과 나의 진심이 나를 명강사로 만들었다. 첫 강연 후에 강연 담당자가 전국에 있는 삼상화재 교육 담당자에게 나를 소개하여 나는 삼성화재 전속 강사처럼 다녔다.

강연은 할수록 힘들었다. 강연 내용을 다듬어 나가기 시작했고 녹음을 해서 들으며 발음 교정을 하는 등 좋은 강사가 되기 위한 노력은 지금도 계속되고 있다.

누군가의 멘토가 되어

...

　한국장애인재활협회에서 장애 청소년 역량 강화를 위하여 멘티와 멘토 사업을 실시하고 있는데 성악 부문의 멘토가 되어 달라는 요청을 받았다. 장애를 갖게 된 후 나는 장애인 일이라면 무조건 참여하는 열혈 장애인 복지 운동가로 변해 가고 있었다.

　나의 멘티는 박모세 군이었다. 후두부에 뼈가 없어서 뇌의 90%를 절단한 시각과 지적장애를 가진 중복 장애 청년이었다. 시각장애 때문에 악보도 볼 수 없고 지적장애로 이해력과 학습 능력이 많이 부족한 모세를 가르친다는 것이 가능할까 싶었다.

　장애인인 나조차 그런 생각을 하고 있는 내 자신에 놀라 스스로를 꾸짖었다. 나는 모세가 할 수 있다고 믿고 일단 시작했다. 발성을 먼저 만들어 갔다. 모세는 선천적으로 아주 좋은 소리를 가지고 태어났다. 그 정도의 소리라면 노래를 잘할 수 있다는 판단이 섰다. 그래서 노래 연습으로 들어갔다. 악보 대신 한 소절씩 내가 노래를 불러 주고 따라 부르는 형식을 취하였다.

그런데 한번 불러 주면 그대로 그것을 기억하고 박자 음정을 정확히 불러 내는 모습에 놀라움을 금치 못했다. 이것은 기적이었다. 내가 만약 포기했었더라면 이런 기적과 같은 일은 묻히고 말았을 것이다. 내가 가르쳐 주었다기보다 할 수 있는 것을 찾아 주고, 할 수 있도록 도와 준 결과 모세는 놀라운 발전을 이루어 갔다.

박모세 군은 한국장애인재활협회 행사에서 가사를 외우기조차 힘든 이태리 곡 〈프레기에라〉를 열창하여 인기 가수 뺨치는 환호를 받았다. 내가 무대에서 받은 박수보다 더 나를 감동시켰다.

모세 어머니가 나에게 보내 주신 문자메시지이다.

> 혼자서 이루기엔 외롭고 멀기만 했던 '꿈' 을 이룰 수 있도록
> 열정적으로 함께해 주신 황영택 선생님 덕분에 모세가 이렇게
> 멋지게 노래하게 되었습니다. 너무너무 감사합니다.
> 행복과 희망의 날개를 달아 주신 이 시대의 진정한
> 은사님이십니다. 사랑합니다. 선생님!

예스, 유 캔

...

2000년대 초중반, 질풍노도 시기에 자유의 목마름으로 찾은 노래방에서 이 노래 불러 보지 않은 남학생은 없을 것이다. 더크로스의 〈Don't cry〉. 노래 좀 한다는 남학생들의 우상이었던 김혁건이 휠체어를 탄 채 등장한 모습은 대중들에게 큰 충격으로 다가왔다.

'전신 마비 로커', '장애 극복'이란 타이틀로 검색창을 뒤덮었다. 혁건 씨의 사고 소식은 이미 방송을 통해 많이 알려졌다. 지난 2012년 전역을 마치고 컴백을 준비하던 중 오토바이 사고로 경추에 손상을 입었다. 손 하나 움직일 수 없는 사지 마비가 된 것이다. 중도 장애인은 누구나 그랬듯이 혁건 씨에게는 장애가 더 큰 절망을 주었다. 그토록 사랑하던 노래를 할 수 없었기 때문이다.

국립재활원 김종배 박사님께서 나에게 전화를 주셨다. 국립재활원에 전신 마비 환자가 있는데 노래를 너무 하고 싶어 하니 만나 보고 노래할 수 있도록 도와주라는 것이었다. 나는 그 아픔을 알기에 바로 혁건 씨에게 달려갔다.

"저 노래하고 싶어요. 노래할 수 있을까요?"

그 한마디에 혁건 씨의 열정을 뜨겁게 느낄 수 있었다. 나는 주저하지 않고 말했다.

"할 수 있죠."

그의 얼굴이 환해졌다. 하지만 그 환한 빛이 곧 사라졌다. 그는 가수였기 때문에 가수의 소리 원리에 대해 알고 있었던 터라 할 수 있다는 내 말이 그저 용기를 주기 위한 덕담이라고 생각했던 것이다.

"작은 소리부터 내 보시고, 작은 소리일지라도 한 번 또 한 번 반복하는 거예요. 배에 힘이 들어가지 않아서 나는 벨트를 사용해요. 처음에는 두 개를 찼는데 이제는 한 개로도 충분해요."

나는 윗옷을 올려 벨트를 보여 주기도 하고 소리가 잘 나온다는 것을 알려 주려고 발성을 해 보여 주기도 하였다. 자신감을 얻은 그는 비장애인의 4분의 1 수준이던 폐활량을 블루스 하모니카로 폐활량을 끌어올렸다. 그의 아버지는 벨트 대신 더 효과적으로 배 누르는 기계를 고안해서 만들어 주며 혁건 씨를 지원해 주었다.

그토록 꿈에 그리던 무대는 2014년 10월 1일 여의도 63컨벤션센터에서 열린 '척수장애인의 날' 기념행사였다. 휠체어를 타고 올라온 혁건 씨가 〈You raise me up〉을 열창하는 모습은 자리에 함께한 모두를 감동시켰다. 김혁건이 무대 위에서 노래를 부르는 모습을 보며 내가 더 행복했다.

음악으로 봉사하며

...

　지휘는 대학 다닐 때 부전공으로 공부했다. 교회에서 지휘도 해야 되고, 교회에서 또 다른 사람을 가르쳐야 되겠다는 마음으로 택한 부전공인데 그것이 아주 요긴하게 쓰였다.

　장애인 단체를 운영하는 한 목사님이 언론을 통해 나를 보면서 내가 장애인들에게 노래를 가르쳐 주고 희망을 이야기해 주면 그들도 나처럼 행복한 삶을 찾아 누릴 수 있겠다는 생각을 했다고 한다. 그 목사님과 만나면서 그 생각은 구체화되었다. 처음에는 중창단을 설립하는 것이 목적이었는데 규모가 커져서 합창단을 만들게 되었다. 첫 연습은 12명이 했는데 지금은 50명의 장애인과 비장애인 그리고 전공자가 함께하는 멋진 장애인 합창단으로 발전하였다.

　처음 창단할 때 단원을 장애인만 구성하려고 했는데 음악적인 퀄리티를 올리기가 힘들겠다는 생각이 들었고, 비장애인들과 함께하는 것이 우리 사회에 주는 메시지가 더 클 것이란 판단이 들었다. 현실적으로 비장애인의 도움이 절대적으로 필요했다. 휠체어도 밀어 줘야 하고,

이런저런 케어가 요구되었다. 또한 전공자들의 참여로 음악적인 지도를 받을 수 있었다. 이렇게 서로 힘을 합하다 보니 최선의 결과를 이루어 낼 수 있었다.

작년에는 합창대회에 나가서 수상도 했고, 정기연주회도 했다. 힘들고 지치는 일일 수도 있지만 함께 모여 노래를 하면서 즐거워하는 모습을 보면 내 스스로가 행복하고 감사하다. 노래가 주는 즐거움은 모든 아픔을 잊게 한다는 것을 장애인 합창단을 운영하며 더욱 확실히 알았다.

'희망을 노래하는 사람들'을 줄여서 '희노사'라고 하는 예술단체를 2016년 3월에 비영리단체로 등록했다. 많은 장애인 아티스트와 비장애인 아티스트가 함께 어우러져서 힘들고 지친 사람들을 위해 노래하고, 희망을 이야기하며 우리의 삶을 같이 공유하고 있다.

부천 지역의 우리 동네 예술프로젝트로 지역 주민들을 모집하여 중창팀을 만들고 듀엣, 트리오, 합창, 솔로를 할 수 있게 음악교육을 실시하고, 함께 연습을 하여 무대에 올렸다. 작은 무대이지만 참가자 모두 만족스러워하였다. 노래는 정말 놀라운 치유 능력을 갖고 있다. 각각 다른 모습으로 각각 다른 삶을 살았지만 노래로 하나의 마음을 갖게 된다.

신촌 세브란스병원 환우를 위한 희망힐링 콘서트

2008년 고3 사랑큰잔치 희망 콘서트

여러분에게는
건강이 있지 않느냐

· · ·

기업, 학교, 교도소 등 다양한 곳에서 강의 요청이 들어온다. 내 삶의 이야기를 통해 도전을 할 수 있는 동기부여를 해 주고 희망의 메시지를 전달하는 것이 내 강연의 목표이다.

죽도 땅끝마을에서 있었던 재기중소기업개발원 강연은 정말 보람이 컸다. 나는 강연 장소가 아무리 멀어도 나를 원하는 곳이면 달려간다. 처음에는 자동차를 운전하고 갔지만 시간을 줄이기 위하여 요즘은 KTX를 이용한다. KTX에 편의시설도 잘 되어 있고 갈 때는 강의 준비, 올 때는 단잠을 잘 수 있어서 더없이 좋다.

사업에 실패하여 재기를 꿈꾸는 분들 앞에 서면 동병상련으로 가슴이 아프다. 사업 실패로 모든 것을 잃은 분들은 재기한다는 꿈보다는 현실이 너무나 고통스러워서 빨리 고통을 끝내고 싶은 생각밖에 들지 않는다는 것을 누구보다 잘 알고 있다. 열심히 했건만…… 최선을 다

했건만…… 그 결과가 너무나 참담하여 자기를 그렇게 만든 사람을 원망하고 그것을 묵인해 준 사회를 불신하며 최선보다는 최악의 유혹에 빠지게 된다. 나는 그분들에게 그분들보다 더 울분에 찬 목소리로 외친다.

"사장님! 사장님은 망하지 않았어요. 사장님은 다 잃지 않았어요. 사장님한테는 건강한 육체가 있지 않습니까! 그 이상의 재산이 어디 있습니까? 사장님은 다시 일어날 수 있어요."

성공이든 실패든 내 몫이다. 내가 해결해야 할 내 문제이다. 그 커다란 문제를 해결하기 위해 내가 먼저 몸과 마음의 건강을 되찾아야 한다고 당부한다. 내가 건강해야 다시 시작할 수 있고, 그래야 다시 일어날 수 있기 때문이다. 힘 있는 자가 강한 것이 아니라 살아남는 자가 강한 것임을 나는 몸소 체험하였기에 그 어떤 고통이 닥쳐도 살아야 한다고 자신있게 말한다.

2015년 9월 24일 서울교도소 공연강의가 있었다. 정문 검문을 마치고 안으로 들어갔다. 철통같은 경비 속에서 두 번째 검문이 이어졌다. 주민등록증 제시, 눈 검사, 주머니 흉기 검사, 우리가 들고 들어간 악기 및 음향 검사까지 마치자 쇠창살의 큰 대문이 열렸다.

스산한 느낌에 땀 냄새와 습한 실내 온도에 벌써 어깨가 오싹할 정도로 무서웠다. 대강당으로 가서 리허설을 하였다. 우리 일행은 8명이나 되었지만 분위기에 짓눌려 떨고 있었다.

리허설을 끝내고 대기실에서 옷을 갈아입는데 죄수복을 입은 남자들이 긴 줄로 늘어서서 대강당 의자에 자리하고 있었다. 그렇게 객석이 채워지고 공연이 시작되었다. 왠지 흥이 나지 않는 무거운 공연이었다. 드디어 나의 차례가 되어 무대로 나갔다. 관중석에 있는 사람들의 굳은 표정과 인상이 얼마나 무서운지 극도의 긴장감이 엄습했다.

─엣다 모르겠다. 노래나 부르자.

나는 눈을 지극히 감고 〈내 맘에 강물〉을 목청 돋우어 불렀다. 박수가 터졌다. 하지만 훈련된 박수와 환호여서 나의 긴장감은 풀리지 않았다.

"여러분, 저는 처음부터 장애를 입지 않았습니다. 저는 사고로 장애를 입고 이렇게 여러분 앞에 휠체어에 탄 모습으로 앉아 있습니다. 아내가 있는 남편이고, 자식이 있는 아빠이기에 장애를 입게 되었어도 가족이란 울타리를 깨지 않기 위하여 살아 줘야 했습니다.

사람은 각자의 인생사가 있습니다. 삶을 사는 방법은 각기 다릅니다. 하지만 한 가지 같은 것은 누구나 절망의 길보다는 희망, 행복, 성공의 길을 향하여 가고 싶어한다는 것입니다.

인생을 사는 것엔 누가 옳고 틀렸다 말하기 쉽지 않습니다. 여러분 저는 감히 여러분들에 이렇게 전하고 싶습니다. 지금 이 순간은 과정일 뿐이라고. 실패하고 실수할 수 있습니다.

좌절과 절망은 극복하는 것이 아니라 견디어 내는 것임을 저는 경험하였습니다. 소중한 삶을 아깝게 낭비하지 않으시기를 간절히 부탁드립니다.

우린 아직 사랑할 시간도, 꿈을 가지고 노력할 시간도 많습니다. 더군다나 보고, 듣고, 말하고, 걸을 수 있는 건강이 있지 않습니까? 여러분은 아직도 갖고 있는 것이 많습니다.

여러분이 원하는 행복은 멀리 있는 것이 아닙니다. 열심히 살기로 결정하는 순간 행복은 시작될 것입니다. 다시 시작할 수 있습니다. 우리 다시 시작해요!"

굳은 표정이 풀리자 나랑 똑같은 멋진 분들이었다. 나도 그분들에게 편견을 갖고 있었던 것이다. 그 편견은 내 평생 교도소 방문이 처음이라서 생긴 낯설음에서 생긴 것임을 알고 반성하였다.

기업 강연

죽을 때까지 노래를 부르리라

포기하지마

···

이제 막 수능시험을 마친 고3 학생 450여 명이 경남 고성역도경기장 안에 가득 차 있었다. 아이들을 보니 피곤함이 사라지고 마음이 설렜다. 토크콘서트였다. 이 아이들에게는 과연 무엇을 전해 주어야 할지 살짝 걱정이 되었다.

나는 '넌 할 수 있어' 라는 노래를 부르면서 무대 중앙으로 휠체어를 밀며 등장하였다. 꿈을 꾸고 그 꿈을 이룰 수 있다는 용기와 할 수 있다는 믿음, 지금 이 세대를 사는 모든 아이들에게 전해 주고 싶은 메시지다. 백 마디의 말보다 한 곡의 가사가 더 큰 울림을 주기에 나는 노래 선곡에 신경을 무척 많이 쓴다.

이른 새벽 꽃잎 위의 이슬 방울들 그 아름다움 본 적이 있니
석양에 물든 하늘 오색구름의 그 황홀함 느낀 적 있니
그 누구의 것도 아닌 모든 사람의 것, 모든 사람의 아름다움
그 누구의 것도 아니니 모든 사람의 것,

모든 사람의 즐거움을 느껴 봐

넌 할 수 있어. 다 갈 수 있어
무엇이든 될 수 있어
넌 외롭지 않아. 혼자 가지 않아
너를 지키는 그 사랑 느껴 봐
돌아서지 마라. 무너지지 마라
너의 무릎 꿇지 마라

네가 가는 길에 너와 함께 가는
그 사랑을 느껴 봐……

노래와 짧은 강연이 끝난 뒤 아이들의 질문을 받았다.

"저는 꿈이 없어요. 꿈은 어떻게 갖는 건가요?"
"무엇을 해야 할지 모르겠어요. 내가 하고 싶은 것이 뭔지도 모르겠
어요?"
"대학에 가면 꿈이 이루어질까요?"

질문만 들어도 마음이 아팠다. 그 나이 때 누구나 갖고 있는 고민일
것이다.
무엇인가 하고 싶은데, 무엇을 해야 할지 막막한 기분은 당연한 것이

다. 자기가 가야 할 길을 미리 알고 있는 사람은 아무도 없으니 말이다.

"무엇을 하면 가슴이 뛰는지, 내 가슴이 언제 뜨거워지는지 관찰부터
해야겠죠. 그리고 나에게 보람되고 가치 있는 일이 무엇인지 찾아봐야
하지 않을까요? 나는 30대 후반에 내 가슴을 뛰게 하는 성악을 찾았어
요. 너무 늦게 찾은 건데 여러분들은 나를 만났으니까 20년 빨리 찾게
될 거예요. 그러면 성공의 시기도 그만큼 앞당겨지겠지요.

지금 제 가슴이 뛰고 있어요. 왜일까요? 여러분들이 의미 있는 결심을
할지도 모른다는 기대감 때문이죠. 이런 기대를 바로 보람이라고 합니
다. 사람은 사람을 만났을 때 서로의 가슴을 뛰게 만들어야 합니다.

여러분, 지금 가슴이 뛰나요? 그동안 공부하느라고 고생 많으셨어
요. 여러분, 사랑합니다."

한번은 삼성드림콘서트라고 농촌에 있는 중고등학교 학생들을 모
집해서 각 대학을 다니면서 3주 동안 국, 영, 수 과목도 가르쳐 주고 새
로운 문화를 경험할 수 있게 하는 캠프가 있었다. 그 콘서트에서 강연
을 하고 돌아왔는데 한 통의 문자가 왔다.

> 너무나 힘든 삶 속에서 삶의 의미를 찾지 못하여 삶을
> 포기하고 싶었다. 하지만 당신의 강연을 들으면서
> 장애라는 회복될 수 없는 고통 속에서도 희망을 놓지 않고
> 살아온 모습을 보면서 나도 이겨 낼 수 있을 것이란

생각을 하게 되었다. 죽는 것을 다시 한 번 생각해 보겠다

이 문자를 읽는 순간 온몸에 소름이 돋았다. 내가 한 사람을 구할
수 있다니! 극도의 고통을 이겨 냈기에 가능한 일이다. 내 고통이 결코
헛되지 않았다는 생각이 들었다.

아버지와 하나님

...

　다치고 나서 방황을 할 때 아내가 교회에 가자고 권면하였다. 아내는 모태 신앙이어서 남편이 교회에 가서 하나님을 만나면 장애인의 삶도 충분히 살아갈 수 있을 것으로 믿고 있었다. 하지만 나는 거부했다. 하나님이 계시다면 나를 다치게 해서는 안 된다고 나를 이렇게 만든 것 하느님의 뜻이란 말에 분노했다. 그러다 결국 교회에 나가게 되었고, 예배를 하게 되었다. 하지만 마음속으로는 하나님이 나를 고쳐주시면 당신이 존재한다는 것을 믿겠다는 건방지고 이기적인 조건을 붙였다. 성경을 읽으면서 그 문제의 해답을 찾으려고 했다. 그래서 성경을 1독, 2독… 5독을 해 나갔다. 나는 성경을 통해 진리를 깨닫게 되었다.

　사랑의 삶, 나눔의 삶, 베품의 삶을 배워서 서로 협력하여 선을 이루어 사는 것이 인간을 가장 아름답고 가치 있게 만든다는 사실을 알았다. 장애를 가졌든 건강한 육체를 가졌든 그것은 중요하지 않다. 하여 내가 다시 예전의 모습으로 돌아가기 위해 기도하는 것은 의미가 없다.

나는 내 삶을 사랑하고 나눔의 삶을 실천하면 그것으로 아름답다.

하나님을 믿기 전의 삶은 불안정한 가정에서 태어나서 사랑받지 못하고 성장하여 소극적이고 소심하고 내 상처가 너무 버거워 기죽어 살았다. 다치고 나서 하나님과 인격적으로 만난 후, 가치관이 바뀌면서 작고 힘없고 위축되고 기죽어서 살았던 유년의 삶보다는 하루하루 변해 가는 삶, 자신감을 가지고 도전하여 어려움을 헤쳐 나가면서 강하고 적극적이고 당당한 황영택이 되었다. 그 변화를 느낀 순간 내 자신도 놀랐다.

나의 이런 변화는 아버지를 이해하면서 시작되었다. 나에게 아버지는 늘 무서운 존재였다. 아버지는 내 잘못을 언제나 혼내는 역할만 하였다. 그런데 아버지학교에 참가해서 추억 속의 아버지와 화해를 하는 그 순간 아버지의 감추어진 모습을 볼 수 있었다. 아버지는 아들을 사랑하여 잘 살기를 바라셨기에 못난 아들을 그런 방식으로 훈육하신 것이었다. 아버지 모습에서 하나님의 사랑을 발견하자 눈물이 솟구쳤다. 아버지께서 지금의 내 모습을 보시면 얼마나 좋아하실까 싶어서 아버지가 그리웠다. 나는 이제 아버지를 떠올리면 인자하신 모습으로 보인다.

나는 새벽기도를 한다. 그것은 내 영혼의 호흡이다. 흐트러진 마음을 다시 정돈하기도 하고 거룩함을 회복하는 소중한 시간이다.

도전은 계속된다

...

　사고로 하반신 마비만 된 것이 아닌 것 같다. 사고 충격이 나이가 들면서 몸의 여기저기에서 나타났다. 활동이 많은 만큼 몸이 힘들다. 일이 많은 만큼 알게 모르게 스트레스도 늘어났다. 스트레스 속에서 강박의 강도도 높아졌다.

　눈이 갑자기 잘 안 보였다. 반은 보이고 반은 안 보였다. 그래서 안경을 벗어 눈을 닦아 보기도 하고, 안경에 뭐가 묻었나 해서 안경을 닦아 보기도 하였지만 여전히 반이 안 보였다.

　'내일 아침에 일어나면 괜찮겠지.' 라고 생각하면서 잤는데 아침에 눈을 떠 보니 여전히 안 보여서 동네 안과에 갔다.

　"빨리 큰 병원에 가세요. 수술을 해야 돼요. 망막이 박리가 됐어요. 망막박리는 시각장애의 원인이 돼요."

　눈이 안 보이게 될지도 모른다는 의사의 진단이 귀에 잘 전달이 되지 않았다. 솔직히 망막이 뭔지도 몰랐다.

　'내가 아는 단어는 각막이고, 망막은 뭐지?'

사진을 찍을 때 필름이 없으면 사진을 찍을 수 없듯이 망막이 떨어지면 물체가 현상이 안 되니 보이지 않게 된다는 설명을 해 주었다. 시력이 떨어진 줄만 알았는데 시각장애의 위험까지…… 심장이 정지되는 것 같았다. 하지만 언제나 그렇듯이 침착하게 현실을 받아들이고 수술을 했다.

아직도 가끔 걸어서 산을 올라가고 내가 좋아하는 축구를 하기도 한다. 즐거워서 시간 가는 줄 모르고 놀다가 깜짝 놀라 깨어 눈을 떠 보면 꿈이다. 한동안 멍하니 침대에 걸터앉아 허탈함을 느낄 때가 한두 번이 아니다. 걷지 못하는 아쉬움에 한숨만 짓는다.

나는 요즘도 서는 연습을 한다. 보조기로 무릎과 골반을 고정시켜서 양쪽에 있는 봉을 잡고 선다. 그렇게 서면 기분이 정말 좋아진다. 왜냐하면 일단 눈높이가 높아져서 마치 산에 올라가서 아래를 내려다보는 시원한 기분이다. 서 있다는 그 자체만으로 날아갈 듯하다.

천천히 발걸음을 옮겨 본다. 아기가 한 발자국을 떼는 것보다 더 힘겹지만 머릿속으로는 달린다. 이 운동의 목적은 걷기 위함이 아니라 발목의 뒤틀림과 무릎과 골반 교정을 하기 위함이다. 이렇게 자세를 만들어 가는 것은 보조공학의 발달로 첨단 워킹 보조기가 만들어졌을 때 멋진 모습으로 걷기 위해서이다.

자세만 만들고 있지는 않다. 자세 교정보다 더 중요한 것은 능력을 업그레이드시키는 것이기에 지금도 부족하면 바로 쫓아가서 레슨을 받는다. 노래 연습을 게을리하면 무대 위에서 당장 표시가 난다. 강연도 마찬가지이다. 어떻게 해야 진정성 있는 강의가 될지 책을 읽으면서 늘 공부를 한다. 그리고 아무리 작은 강연일지라도 준비를 철저히 한다. 노력만이 살길이다.

인간은 부족함 투성이다. 그 부족함을 채워 가면서 발전하는 것이다. 고인 물은 썩는다는 것을 알기에 끊임없이 노력하며 좋은 모습으로 하나님의 도구가 되기 위해 늘 최선을 다하고 있다.

2002년 SBS TV '장애인의 날' 다시 일서서는 사람들' 출연

2003년 MBC TV '함께 사는 세상' 출연

2007년 KBS TV '사랑의 가족' 출연

2011년 cbs tv '새롭게 하소서' 출연

2011년 cbs 라디오 가스펠 아워 방송 출연

2011년 cts '내가 매일 기쁘게' 출연

2011년 C채널 56회 '내 모습 이대로' 신앙 간증 방송 출연

2011년 EBS '희망풍경' 방송 출연

2011년 MBC 라디오 손석희의 시선집중 방송

2011년 KTV 휴먼다큐 방송 출연

2011년 극동방송 평화 나라 녹음

2012년 KBS '사랑의 가족' 방송 출연

2012년 극동방송 '참 좋은 친구' 녹음

2012년 극동방송 '행복한 저녁 즐거운 라디오' 녹음

2012년 국회 방송 출연

2012년 '우리도 예술인이다' 출연(국회 헌정기념관 대강당)

2012년 교통방송 하선아와 함께하는 출근길 녹음

2012년 OBS 살맛나는 세상 촬영

2012년 CBS 크리스천 특강 공개녹화 출연

2012년 복지TV 다큐 희망방송 촬영

2012년 CBS C 스토리 방송 출연

2012년 KBS 대구 아침마당 방송 출연

2012년 OBS 방송 출연

2012년 MBC 라디오 성경섭이 만난 사람 녹음

2013년 KTV 희망의 새시대 출연

2014년 포항 극동방송 녹음

2014년 C채널 힐링토크 회복 출연

2014년 CGN TV 'Healing you' 출연

2014년 C채널 회복 방송 출연

2014년 TV조선 '대찬인생' 출연

2014년 CBS TV '세바시'(세상을 바꾸는 시간 15분) 출연

2014년   SBS TV '놀라운 대회 스타킹' 출연
2014년   KBS TV '여유만만' 출연
2014년   CBS-R '행복의 나라' 로 출연
2015년   KBS '아침마당' 출연
2015년   광주 KBS '행복아카데미' 출연
2016년   KBS 3라디오 '내일은 푸른하늘' 녹음
2016년   대구 kbs 아침마당 출연

| 수상 경력 |
1998년   전 휠체어 테니스 국가 대표 선발
1999년   방콕아·태장애인대회(장애인 아시아 대회) 동메달 획득
1999년   대통령 표창 수상
2007년   KBS FM 신작가곡경연대회 입상
2011년   대한민국 장애인 문화예술대상 음악 부문(성악) 수상
2015년   자랑스런 한국장애인상 문화예술 부문 수상
2015년   장애인합창대회 부천장애인합창단 장려상 수상

| 음악 활동 |
2004년   CLA 독일가곡 연주 발표
2005년   오스트리아 마스터 클래스
2007년   성결대학교 성악과 졸업
2008년   대한민국 국회 5인 5색 희망초콜릿 콘서트
2009년   장애인 인식개선 희망나눔 전국 콘서트
2010년   희귀병 어린이 돕기 전국 핸드 바이클 1,522km 완주 콘서트
2011년   황영택 1집 음반 '넌 할 수 있어' 출시
2011년   황영택과 함께하는 희망나눔 콘서트(신촌세브란스병원, 한강성심병원, 국립재활원 외)
2011년   장애인문화축제 공연
2011년   아시아태평양 333캠페인 축가 공연
2011년   휴먼네트워크 멘토-멘티와 함께하는 만남 전국 대회
2012년   장애인과 비장애인이 함께하는 희망나눔 콘서트

2012년 찾아가는 문화예술공연(정선, 태백, 사북 문화 소외지역)
2012년 대한민국 장애인 문화예술대상 시상식 축가 공연
2012년 황영택 2집 음반 '내 마음의 강물' 출시
2012년 한국사회복지협회 신년회 축가 공연
2012년 장애인과 함께하는 비전 콘서트
2012년 경남기독문화원 3주년 축하 음악회 초청
2012년 한국 마사회 찾아가는 문화예술 공연−사북장학센터, 정선, 태백
2012년 세상과 호흡하는 장애인 문화제 연주
2012년 신체 장애인 제1회 사랑의 끈 연결 운동 축가 공연
2012년 제13회 사회복지의 날 축가 공연
2012년 춘천교대 문인협회 연주
2012년 인천컨벤션센터 APDP문화예술제 축가
2012년 헬스오페라(삼성생명, 조선일보 주최)
2013년 황영택과 함께하는 힐링콘서트(국립재활원, 미추홀학교, 과천종합사회복지관,
        서부장애인복지관)
2013년 청소년 힐링 뮤지컬 '스쿨런' 아버지역 출연
2013년 대전척수협회 축가 공연
2013년 척수협회 3인3색 공연
2013년 대전 한마음 음악회 연주
2013년 프로야구 시구 및 애국가 연주
2013년 장애인 문화예술축제 개막식 애국가 연주(서울광장)
2013년 세종시민을 위한 음악회
2013년 희귀 어린이 난치병 돕기 연주 재능기부
2014년 대전시향 협연
2014년 성남 청소년오케스트라 협연
2014년 중국 광저우 투어 연주
2014년 국방부합창단 창단식 축가 공연
2014년 C채널 세월호 위문 공연
2014년 아라뱃길 걷기대회 축하 공연
2014년 부천장애인합창단 순회 공연
2014년 부산인권콘서트 출연
2014년 대구 장애인체육회 송년회 축가 공연

2014년　육군회관 축가 공연
2015년　마포아트센터 여성경제신문 창간 1주년 기념 음악회
2015년　여성경제신문 장애인과 함께하는 희망나눔 콘서트
2015년　황영택과 함께하는 '희망의 노래, 우리의 꿈' 콘서트
2015년　평창올림픽 발대식 축하 공연
2015년　성동장애인복지관 장애통합 페스티발 축하 공연
2015년　3인3색 콘서트(양산부산대병원, 대전예술가의 집)
2015년　동인천 자유공원 축가 공연
2015년　스타킹 문화단 공연(고봉중고등학교, 면목중학교, 인천항공과학고)
2015년　양평 양서문화체육공원 '사회적 경제나눔장터' 초청 공연
2015년　용문사 산사음악회 초청 공연
2015년　연세대학교 총동문회 송년행사 축가 공연
2015년　솟대문학 행사 축가 공연
2016년　제2회 장애인 문화의 날 기념 희망나눔 콘서트
2016년　제22회 충청남도장애인체육대회폐회식 축가 공연